LETTRE

A M. Benjamin **CONSTANT**, sur celle qu'il a écrite à M. Ch. Durand, insérée dans la 28.me livraison de la Minerve ; par M. F..., auteur de l'écrit intitulé : *l'Impartial*.

> O Dieu, qui punis les outrages
> Que reçoit l'humble vérité,
> Venge-toi : détruis les ouvrages
> De ces lèvres d'iniquité ;
> Et confonds cet homme parjure
> Dont la bouche non moins impure
> Publie avec légéreté
> Les mensonges que l'imposture
> Invente avec malignité.

Rousseau ; Ode contre les calomniateurs.

« Je n'irai point, vil transfuge , me traîner d'un
pouvoir à l'autre , et mendier de honteuses distinctions , pour prix d'une défection plus honteuse encore. »

(Discours de M. Benjamin CONSTANT , en mars 1815.)

LETTRE

A M. Benjamin CONSTANT, *sur celle qu'il a écrite à M. Ch. Durand, insérée dans la* 28.me *livraison de la Minerve.*

Nismes, le 28 août 1818.

Monsieur,

Je réponds à votre lettre, et je crois en avoir le droit ; car, quoiqu'elle soit adressée à un autre, vous m'y attaquez à chaque ligne, et elle ne semble écrite que contre moi, mes principes et mon écrit. Comment ce faible écrit, qui n'a d'autre mérite qu'une impartialité exacte, a-t-il pu mériter qu'un homme comme vous y jetât les yeux ? J'avoue que, d'après le bruit de vos talens, je vous croyais occupé à des choses d'une plus haute importance, et je comptais que mon obscurité seule suffirait pour me mettre à l'abri de vos attaques ; cependant, puisque vous ne dédaignez pas d'abaisser la hauteur de votre génie jusqu'à moi, et que votre haine l'emporte sur votre amour-propre, je vais répondre à vos impostures, en laissant de côté vos insultes et vos calomnies ; car, quoique vous me traitiez d'homme *sans civilisation* (1), j'ai plus de civilité que vous ; fort de

____

(1) 28.me livraison de la Minerve, page 53.

la seule vérité, je brave votre éloquence, assuré que les choses que j'ai à dire feront assez d'impression par elles-mêmes, pour qu'il ne soit pas besoin de les exagérer.

Venons aux faits ; vous entreprenez de justifier la conduite des protestans, à quatre époques (1) en 90 et en 93, sous le règne de Bonaparte, et pendant les cent jours. Je n'examine point si lorsque M. Durand ne vous a fait que des questions relatives à l'état actuel des affaires, vous pouviez raisonnablement vous jeter dans votre réponse sur ce dont il ne vous parle pas, en ne lui répondant rien sur ce qu'il vous demande, et vous avez pu être guidé en cela par autre chose que par l'esprit de parti et le désir de me dire des injures (2). Tous ceux qui ont lu votre lettre sa-

---

(1) *Idem*, p. 52.

(2) Parmi les épithètes que M. Benjamin Constant me prodigue *libéralement*, il me gratifie de celle de *panégyriste du meurtre* ; quoiqu'il ne convienne pas de parler de soi-même, il est nécessaire de se faire connaître lorsque l'on est calomnié ; tout le monde sait à Nismes que pendant la réaction j'ai exposé ma vie pour sauver les personnes et les propriétés de Mr B.. V... O... P... E... , etc. etc. etc. Celui qui empêche les crimes, ne peut être leur panégyriste; j'ai fait plus, on m'a vu dénoncer des prétendus royalistes, coupables des excès que Mr Benjamin Constant m'accuse de justifier, et leur punition a été due à mes démarches ; voilà la seule réponse que j'oppose à la calomnie. M. Benjamin Constant a-t-il fait davantage ? Peut-il citer de pareils titres ? Il n'en a d'autres que d'avoir dit quelques belles phrases, que ses actions ont continuellement démenties.

Il me reproche de garder l'anonyme ; que signifie cette imputation ? Mon nom n'est-il pas sur les cinq exemplaires déposés à la préfecture ? Au reste, mon intention n'est pas de me cacher toujours, je n'ai rien qui m'y oblige.

(3)

vaient de reste à quoi s'en tenir ; si votre bonne foi , Monsieur , était égale à vos talens , après avoir protesté que vous défendez vos co-religionnaires, sans attaquer les catholiques , vous ne vous ef-forceriez pas de prouver que ce sont ces derniers qui ont été les instigateurs des massacres de 1790 , vous ne diriez pas que des brochures intitulées , *Pierre Romain* , et lettre de *Charles Sincère à Pierre Romain* furent les premiers symptômes des troubles ; ces brochures, selon vous, doivent être attribuées aux catholiques; vous ne le prouvez pas, mais nous ne chercherons pas à le contester, nous avons lu ces écrits , où nous n'avons trouvé que des plaisanteries , non-seulement incapables d'occasionner des troubles, mais très-propres à les prévenir. Pourquoi le parti contraire ne se con-tenta-t-il pas de répondre sur le même ton ?

La seconde inculpation que vous faites aux ca-tholiques d'avoir pris une délibération le 20 avril 1790, *où ils témoignaient de vives alarmes sur leur religion , et protestaient contre tout changement de la hiérarchie ecclésiastique*, ne mérite point de réfutation ; ce n'est pas en témoignant des crain-tes , en se plaignant des torts que l'on éprouve, qu'on peut être considéré comme provocateur.

Après ces préparatifs nécessaires, vous arrivez

Mr Benjamin a bien voulu annoncer mon écrit, en désignant l'Imprimeur ; il oublie sans doute de dire qu'on le trouve à Paris et dans les principales villes de France, où l'on publiera bientôt la 2.me partie qui est sous presse ; je prie même MM. les Libraires , à qui j'ai eu l'honneur d'en adresser , de ne les vendre que 75 c., dont la moitié pour leurs honoraires , afin que tout le monde soit à portée de connaître la vérité.

à la journée du 13 juin, où, selon vous, *les deux partis se livrèrent à d'inexcusables excès.* C'est avec douleur que je me vois forcé de lever le voile sur une scène aussi déplorable, et j'aurais bien souhaité, Monsieur, que votre silence sur cette catastrophe m'eût permis aussi de le garder ; mais ; soit *qu'on vous trompe, soit que vous vouliez tromper les autres*, en attaquant un parti, vous le forcez à se défendre, et si je parle, vous devez vous en prendre à vous seul.

Comment concevoir, d'abord, que les deux partis se soient livrés à des excès, lorsque toutes les victimes sont d'un côté et tous les assassins de l'autre ! Parmi cent maisons qui furent dévastées, nommez en une seule protestante, et j'avouerai qu'ils n'ont pas été seuls les oppresseurs ; en vain voulez-vous chercher des motifs pour justifier leur furie, mille faits prouvent avec évidence que c'est le fanatisme seul qui les guidait. Après avoir pillé la maison de l'abbé Bragouse, curé de St. Paul, les brigands s'apprêtent à la démolir ; ils apprennent quelle appartient à un protestant, et se retirent. Lorsque le canon fut dirigé contre la maison Froment où étaient réfugiés quelques malheureux, une maison protestante voisine éprouve quelques dommages inévitables, sur-le-champ elle fut reparée, et le propriétaire indemnisé. Ne sait-on pas même que, lorsque les assassins allaient immoler une victime, ils ne s'informaient pas si elle était aristocrate, mais seulement si elle était catholique, et que la réponse affirmative était le signal de sa mort ?

Il paraît qu'on vous a bien mal informé, Mr Benjamin, puisque vous ignorez tous *ces faits* ; vous a-t-on dit aussi que les catholiques s'étaient fait une citadelle du couvent des capucins , du *haut de laquelle ils fusillaient en liberté, et qu'après une journée entière entourés des cadavres des leurs, ils s'emparèrent de ce réfuge de leurs assassins.* (Il n'y eut qu'une seule personne de tué sur les esplanades, par un mal-à-droit protestant, et peut-être, comme on le dit, à dessein....) Je ne sais où vous avez appris tout cela, mais personne n'ignore à Nismes que les capucins furent dévastés des premiers, au commencement de la journée, et qu'aucune hostilité n'avait eu lieu de ce couvent, le fait seul le prouve ; en effet , s'il y avait eu un combat comme vous le donnez à entendre , les cinq (1) malheureux cénobites qui y périrent n'auraient-ils pas eu le temps de se sauver, comme ceux des autres couvents qui furent pillés et dévastés en suite ? d'autant plus que les capucins ne pouvaient être cernés , car leur jardin communique au faubourg , et ce ne peut être que l'impétuosité d'une attaque imprévue qui les empêcha de s'y réfugier ; d'ailleurs les protestans , dans leur victoire , n'y auraient-ils pas tué quelqu'un des assaillans ? Pourquoi n'y avait-il eu d'autres victimes que cinq religieux , deux clercs et deux jardiniers, si ce n'est parce que le couvent ne renfermait pas d'autre

---

(1) P. Benoît, de Beaucaire , âgé de 59 ans. P. Simeon, de Sanilhac, âgé de 43 ans. P. Séraphin , de Nismes, âgé de 28 ans. F. Célestin, de Nismes, âgé de 21 ans. F. Fidelle , d'Annecy , âgé de 83 ans. Ce dernier , comme on le voit, presque nonagénaire , sourd, aveugle, infirme, fut haché dans son lit par les *honnêtes* protestans qui jugèrent à propos , après l'avoir assassiné, de mettre feu à sa paillasse ; parmi ces meurtriers, il y avait des gens de la Gardonnenque , des Cévennes , que leur ami Durand qualifie des gens *doux , affables et paisibles.*

(6)

personne. Oubliez-vous aussi qu'on leur avait or-
donné dès le matin de fermer leurs portes et leurs
fenêtres, et que cette seule circonstance démontre
la fausseté de vos assertions?

M' Durand, dans la lettre qu'il vous a adressée,
a beaucoup parlé de l'atrocité des assassinats en
1815, et du sang-froid des meurtriers; je vous
prie de lui demander s'il y trouve quelque chose
à comparer à ce que vous allez lire, je le tire
d'un écrit du temps.

« Les capucins sont les premiers assaillis. En-
» fermés dans leur sanctuaire, ils adressaient
» au ciel des vœux ardens pour le retour de la
» paix. Au signal convenu, les portes de l'asile sa-
» cré sont forcées, les brigands se répandent dans
» le lieu saint, cherchant de tous côtés des vic-
» times; un scélérat s'avance de l'autel; un re-
» ligieux, les mains étendues, le pressait contre
» son sein; le monstre l'aperçoit; à cette vue,
» sa rage redouble, le caractère majestueux d'un
» ministre de la divinité ne lui en impose pas; il
» s'avance, ou plutôt il se précipite; le vénérable
» cénobite se retourne et lui dit : *Mon ami, don-*
» *nez-moi le tems d'achever ma prière, vous m'immo-*
» *lerez ensuite si tel est votre dessein.* A ces mots
» le barbare est interdit, il demeure immobile;
» mais bientôt reprenant sa férocité, il tire sa mon-
» tre et lui dit, *je te donne cinq minutes;* elles sont
» bientôt écoulées, le monstre s'élance sur l'hom-
» me sacré, le frappe du fer meurtrier; son sang
» coule sur l'autel et son ame s'envole dans le sein
» de la divinité. Après que ces cannibales eurent
» assassiné ces respectables prélats, ils se livrèrent
» au pillage, etc.

» Après ces exécrables assassinats, il fut fait

» un repas chez Chabaud, près du nouveau théâ-
» tre, où les machoires inférieures et les barbes
„ des malheureux capucins mutilés, et même
„ leurs... furent mis dans un plat sur la table ;
„ un garde national d'Aiguesvives, au sortir de cette
;. abominable orgie, montra à la dame, ... qui
„ d'horreur en accoucha avant le terme, une de
„ ces machoires sanglantes qu'il portait sous son
„ habit. »

Voilà deux traits pris au hasard, je n'y ajoute point de réflexion, ils en feront naître assez d'eux-mêmes.

Mais qu'est-il besoin de tous ces détails, on sait, et vous ne devez pas l'ignorer vous-même, Monsieur, que le 13 juin la plupart des compagnies catholiques se trouvaient avoir laissé leurs armes chez leur capitaine, où on ne leur donna pas le temps d'aller les chercher. Je vous ferai à mon tour une question comme M. Durand ; je vous demanderai, lorsqu'on veut massacrer des gens armés, si lorsqu'on a le dessein de les détruire, on n'a pas au moins le soin de garder ses armes chez soi.

Passons à votre seconde assertion : vous voulez jeter sur les catholiques tout l'odieux de la terreur, et sur les protestans la pitié qu'on doit aux victimes ; vous avancez que le tribunal révolutionnaire de 93 condamna à Nismes 146 personnes, parmi lesquelles 125 protestans ; il paraît que vous n'avez suivi ici d'autre guide qu'un mémoire intitulé: *Défense des protestans du Bas-Languedoc*, qui fut répandu dans les Cévennes et la Gardonnenque, il y a deux ans, sans nom d'auteur ni d'imprimeur, et même sans indication *de la ville où il avait vu le jour, quoiqu'on soup-*

(8)

connaît qu'il venait de Paris ; il donne le même nombre de victimes que vous annoncez ici, et dans la même proportion, mais vous auriez dû chercher quelque autorité moins suspecte. J'ai sous les yeux la liste des victimes de la terreur du Gard, je la ferai imprimer s'il le faut ; elle contient 137 personnes ; savoir, 92 catholiques, parmi lesquels 9 prêtres, 41 protestans, 1 juif, et trois individus, dont le culte m'est inconnu. J'ai aussi le nom des personnes en place dans la terreur, et j'y vois les deux tiers des protestans ; les renseignemens que vous nous donnez sont bien différens, mais dites-nous de grace où vous les avez pris.

J'ai voulu vous instruire sur les erreurs que vous aviez commises dans votre lettre ; je l'ai fait sans aigreur, et avec des égards pour vous, dont vous ne m'aviez pas donné l'exemple, vous voyez qu'il ne faut pas parler des gens sans les connaître, et que je ne suis pas aussi sauvage que vous vouliez le faire croire. Si vous vous êtes trompé de bonne foi, vous vous rétracterez, ou vous chercherez au moins des informations plus sûres, sinon suivant la marche que vous vous serez tracée, vous publierez de nouvelles calomnies dans la seconde lettre que vous avez promise à M. Durand, et alors je ne prendrai plus la peine de vous écrire.

Il me reste à expliquer, pour l'intelligence de ceux qui liront cette lettre, la phrase que j'ai mise en tête et dont vous devez avoir tout de suite saisi le sens. Dans un moment orageux où les vrais français se faisaient connaître, vous avez dit ces belles paroles : *Je n'irai point vil transfuge me traîner d'un pouvoir à l'autre, et mendier de honteuses distinctions pour prix d'une défection plus honteuse encore*, nous vous félicitons d'avoir trouvé d'aussi nobles sentimens , M. Benjamin , mais quel dommage qu'un mois après vous ayez jugé à propos d'être conseiller d'état de Bonaparte ; pourrait-on vous traiter plus mal que vous vous traitez vous-même ici ?

Je suis , etc.

P. S. Je ne puis finir cette lettre sans me plaindre à vous , Monsieur, de la manière dont vous avez dénaturé plusieurs phrases de ma Réfutation de M. Durand , en tronquant ou isolant leurs membres , pour leur donner un autre sens que celui dans lequel elles avaient été écrites ; j'ai dit, (*pag.* 66 ,) *Si quelques victimes ont payé de leur sang le salaire dû à des forfaits trop nombreux , tous vos fidelles serviteurs en ont gémi.* (1) Vous coupez cette phrase , et vous me faites dire ; *quelques victimes ont payé de leur sang le salaire dû à des forfaits trop nombreux.* Vous voulez sans doute persuader, par la suppression de la ligne suivante, que j'approuve ces attentats ; mais, malgré votre ruse , le mot *victime* prouve lui seul combien je les blâme , et quoique je ne sois pas de l'académie,

---

(1) Si j'ai tenu ce langage , c'est qu'il est parfaitement vrai. D'un autre côté , c'était pour répondre à l'infâme Durand qui a osé dire que plusieurs milliers de français avaient péri dans le Gard , tandis qu'il est constant qu'il n'a péri dans le département que 70 personnes ; je défie qui que ce soit d'en citer 71 ; il y a loin de là à plusieurs milliers , et si nous voulions diminuer autant que M. Durand augmente , nous pourrions dire qu'on n'a tué personne , sans nous écarter guère plus que lui de la vérité.

je connais assez la valeur des mots pour savoir qu'on ne se sert pas du mot victime en parlant d'un homme injustement puni. (1)

Votre seconde citation n'est pas plus exacte. J'ai dit (*page* 7) on sait , quoi qu'en dise M. Durand , que les victimes dont il se « plaît à augmen- » ter le nombre, *s'étaient attiré leur sort*, et que » la vengeance de quelques royalistes du Gard , » *quoique illégale*, n'a fait au fond que remplacer » et prévenir la justice. » Voici comment vous » arrangez cette phrase ; « On sait , quoi qu'en » dise M. Durand, que les victimes dont il se plaît » à augmenter le nombre, *avaient une grande partie* » *mérité leur sort*, et que la vengeance de quel- » ques royalistes du Gard n'a fait au fond que » remplacer la justice. » Je crois que le mot *illé-* *gale* renferme tout , et les mots *s'étaient attiré leur sort*, j'en ai dit le motif , ils s'étaient rendus coupables des atrocités ou assassinats sans nombre. Ainsi, vous sautez deux mots à pieds joints; et vous en changez deux autres ; je n'ai point dit qu'ils *avaient mérité leur sort ;* si on le trouve dans quelques exemplaires, c'est une faute de l'imprimerie, elle a été corrigée à la main partout où je l'ai aperçu, et j'ai fait faire une seconde édition exprès pour faire disparaître cette faute et quelques autres qui s'étaient glissées dans la première ; d'ailleurs le dépôt en a été fait de la manière que je le dis , après ces citations qui font tant horreur à votre bonne foi, il ne vous est pas difficile de

---

(1) Avec cette façon de citer , on pourrait prouver que l'athéisme est professé dans l'Evangile ; je l'ouvre, à la première page, et j'y trouve, *Dieu n'est pas injuste ;* je puis avancer que j'a vu dans l'Evangile : *Dieu n'est pas.*

prodiguer à mon écrit des épithètes *de code des sauvages, d'apologie* de meurtres. Mais vos injures ne prouvent rien que le désespoir que vous cause mon ouvrage où la vérité ose paraître malgré tous vos efforts pour la cacher.

Je ne prendrai pas, je vous le repète, la peine de vous rendre ces injures, je ne suis point accoutumé à ce genre de combat; mais si j'avais eu l'honneur d'être plus près de vous, j'aurais pu vous prouver d'une façon plus noble ce qu'on gagne à insulter des personnes qu'on ne connaît pas.

A TARASCON, de l'Imprimerie d'ÉLISÉE AUBANEL, 1818.